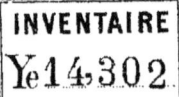

LES VACANCES

D'UN ÉTUDIANT,

PAR

Edouard D'Aquitaine.

Olim Coüs, nunc Monspeliensis Hippocrates.

MONTPELLIER,

C. COULET, ÉDITEUR

LIBRAIRIE MÉDICALE, SCIENTIFIQUE ET LITTÉRAIRE
GRAND'-RUE, 5.

PARIS

CHEZ ADRIEN DELAHAYE, ÉDITEUR

PLACE DE L'ÉCOLE-DE-MÉDECINE

1867

MONTPELLIER, J. MARTEL AÎNÉ, IMPRIMEUR.

A LA FACULTÉ DE MÉDECINE DE MONTPELLIER.

LES VACANCES D'UN ÉTUDIANT

PAR

ÉDOUARD D'AQUITAINE.

Olim Cous nunc Monspeliensis Hippocrates.

MONTPELLIER,

J. MARTEL AINÉ, IMPRIMEUR DE LA FACULTÉ DE MÉDECINE,

RUE DE LA CANABASSERIE 2, PRÈS LA PRÉFECTURE.

1867

A MM. BÉRARD, doyen de la Faculté de médecine de Montpellier;

BOUISSON, professeur de clinique chirurgicale;

DUPRÉ, professeur de clinique médicale.

—

Hommage respectueux de l'auteur.

—

BIEN CHERS MAÎTRES,

A la nouvelle de votre députation à Paris pour plaider les intérêts de la Faculté de médecine de Montpellier, me vint l'inspiration originale dont j'ai l'honneur de vous offrir aujourd'hui la traduction modeste.

Ce petit travail est le fruit de quelques heures de loisir que je prenais, durant ces vacances, comme un temps de repos séparant mes études sérieuses de la journée. A ce titre, j'ai dû le présenter sous une forme simple et familière, la seule qui puisse convenir à ma position, à mon âge et surtout à la faiblesse de mes talents.

Aussi, loin de moi la prétention coupable d'ajouter mon pauvre bagage de rimailleur aux brillantes persuasions de votre éloquence! J'ai voulu seulement discourir sur un ton aimable et facile, en traitant un sujet qui ne peut manquer de vous plaire : trop heureux si votre indulgence daigne voiler le peu de valeur du poëte, pour ne tenir compte que de la bonne intention qui l'inspirait...

AUX LECTEURS.

Je livre à la publication des pensées subitement écloses, et je les présente sous la rude enveloppe de leur jet primitif. En présence d'un tel aveu, j'espère bien que personne ne viendra me disputer une moisson d'éloges que je n'ai pas eu l'intention de recueillir

En effet, jeter sur les faibles ailes d'une Muse tous les matériaux d'un sujet où viennent se choquer discussions, jugements, découvertes, parallèles, portraits et tableaux historiques, dans le mouvement de près de huit siècles, c'est bien en rendre le vol pénible et difficile. Ne m'en veuillez donc pas, d'une telle surabondance de matières, de n'avoir pris que les plus belles fleurs. Si vous ajoutez à tant d'embarras l'obligation de rimer avec des chiffres et des noms propres, vous serez peut-être plus indulgents devant une versification que le manque de temps et d'étroites limites me forçaient quelquefois à tirer au cordeau, comme dirait l'auteur des *Misérables*. D'ailleurs,

> .... *Ubi plura nitent in carmine, non ego paucis*
> *Offendar maculis.....*

écrivait le grave Horace. Seriez-vous plus sévères que ce législateur du Pinde? Au surplus, la poésie ne consiste pas dans une vaine harmonie de mots sonores et vides, mais dans le sentiment, qui anime tout, a dit M. de Ramsay.

Pour moi, j'ai voulu seulement indiquer le germe d'une idée qui pourrait devenir féconde sous une plume habile. Et si le voyageur devait obtenir un mérite à trouver un diamant sur sa route, par hasard ou bonne fortune, c'est bien le seul que j'oserais réclamer. Je vous présente donc une perle brute et sans rayons : au lapidaire de la polir et de lui donner tous les éclats de mille facettes éblouissantes.

Après ce court prologue, je rentre dans mon humble cellule pour me livrer à des études plus utiles, et je m'enveloppe d'avance dans les aimables douceurs d'une paisible obscurité.

Montpellier, le 1er novembre 1866.

ÉDOUARD D'AQUITAINE.

Montpellier, 1866.

Une nuit au Jardin des Plantes.

I.

C'était au mois de mai, vers l'heure solennelle
Où les brises du soir s'endorment sur les fleurs,
Et que l'ange des nuits, et secouant son aile,
De l'azur embaumé fait descendre les pleurs.

La lune présidait à ce moment d'extase
Que l'homme goûte, en paix, dans ce riant séjour,
Caché dans ces lueurs de vapeur ou de gaze.
Qui naissent à la fois et de l'ombre et du jour.

Et moi, trop oublieux, retardé par mégarde,
Sous les berceaux naissants des bosquets du Jardin,
J'avais laissé fermer la grille par le garde,
Et je fus prisonnier du soir jusqu'au matin.

Que faire cependant, — à moins de se distraire, —
Pour chasser les ennuis de la captivité?...
Aussi, loin de bouder devant le sort contraire,
Je voulus être un peu de bonne volonté.

Alors je revoyais ces marronniers antiques,
Ces fleurs d'un autre ciel, ces tendres arbrisseaux,
Tous ces riches trésors de plantes exotiques
Dont l'odeur se mêlait à la fraîcheur des eaux.

Ici, dans un bassin, des nénuphars humides
Leurs feuilles étalaient en tapis ondoyant,
Et là, sur le gazon, mille perles splendides
Miroitaient des éclats d'un reflet chatoyant.

Les végétaux frileux des brûlants hémisphères
Goûtaient, sous les vitraux des serres de cristal,
Les bénignes douceurs des tièdes atmosphères
Qui leur font oublier les jours du sol natal.

Ailleurs, les pieds géants de ginkos, de platanes,
De grands micocouliers, sortant de leur prison,
Et les sterculias, plus fiers que des sultanes,
Semblaient tous regarder par-dessus l'horizon.

Enfin, les noirs massifs des grottes verdoyantes,
Et les lierres flottants, et les frêles roseaux,
Joyeux aux bords aimés des fontaines bruyantes,
Murmuraient doucement chargés de nids d'oiseaux.

Douze fûts de granit, couverts de noms célèbres,
Portaient chacun leur buste et leur servaient d'autels.
De simples monuments sont les honneurs funèbres
Que la main de la Gloire accorde aux immortels !

Et puis, les étrangers que le climat invite
S'étonnent en voyant ces titres glorieux :
Ils ignorent qu'ici modeste est le mérite ;
Qu'on l'admire en secret et loin des envieux !

En comptant les beautés du Jardin solitaire,
Mes yeux trouvaient partout un charme séducteur ;
Tandis que des parfums s'élevaient de la terre,
Comme un dernier encens du monde au Créateur !

Mais j'entendis bientôt causer dans le feuillage
Deux esprits attristés de quelque évènement ;
Et leur voix, pleine encor des fiertés d'un autre âge,
Paraissait tour-à-tour se plaindre amèrement :

. . . .
. . . .
. . . .
. . . .

II.

HIPPOCRATE.

Ma sœur, savez-vous bien, disait l'un des génies,
Qu'on voudrait nous traîner tous deux aux gémonies?
Il est bruit, maintenant, dans nos trois Facultés,
De procès odieux contre nous intentés...
On m'accuse d'abord de suivre la routine;
De ne point écouter la jeune médecine;
D'être un pauvre vieillard, entiché du passé,
Qui retarde le pas d'un siècle trop pressé !
Je ne connais plus rien aux lois de la nature...
Des hommes sont venus d'une haute stature,
Dont les brillants travaux et les succès divers
De noms retentissants ont rempli l'univers.
Je ne suis auprès d'eux qu'un mirmidon sans doute,
Trop faible pour cueillir des lauriers sur leur route
Et j'inspire à tous ceux qui suivent nos leçons
De croire aveuglément ce que nous professons.
Sans preuve, disent-ils, j'expose ma doctrine,
Exigeant que tout front devant elle s'incline ;
Et toucher à ce dogme en tout point respecté
Serait un crime affreux de lèse-majesté !
Nos professeurs, hélas! sont des gens débonnaires,
Qui vivent, sans étude, endormis dans leurs chaires,
Et, des progrès de l'art maîtres peu soucieux,
Pour ne point les connaître ont tous fermé les yeux !
Ils traitent d'apostat à leur noble science
Quiconque tenterait la moindre expérience

Et voudrait découvrir la porte ou les chemins
Qui donneraient les clés des arcanes humains.
Loin d'eux le thermomètre, et point de stéthoscope !
Ils ne savent non plus tenir le microscope...
Un seul mot leur suffit pour explication,
Renfermant le problème et la solution !...
. . . .
. . . .
Voilà, ma chère sœur, les grossières injures
Dont ces ambitieux composent leurs brochures ;
Et la conclusion de ces pamphlets railleurs,
C'est de créer bientôt des Facultés ailleurs...
Les aigles y naîtront comme dans leur patrie,
Novateurs séduisants dans leur idolâtrie,
Par les charmes trompeurs de ces vastes cités
Qui les décoreront de leurs célébrités.
Nos disciples alors, désertant nos deux temples,
Iront de ces esprits imiter les exemples.
Vous même enfin, cédant à ces rigueurs du sort,
Devrez en d'autres lieux prendre un nouvel essor...
Et je serai réduit, avec ma vieille gloire,
A ne rester ici que pour un fait d'histoire !...
. . . .
Pourtant si de mon règne on remontait le cours,
D'ennemis trop jaloux tomberaient les discours.
. . . .
Né dans l'île de Cos aux plus beaux jours d'Athène,
De vingt siècles rompus je renouai la chaîne,
Et du grand Esculape illustre descendant,
Je posai de son art le premier fondement.
Jamais, depuis sa mort jusques à ma naissance,
On n'avait aux mortels accordé sa puissance.
Je vins..., et du passé fouillant le souvenir,
Du fruit de mes travaux je dotai l'avenir.
Mes œuvres ont passé du vieux au nouveau monde,
Jetant de leurs trésors la semence féconde ;

Et battu par des flots de systèmes croulants,
Seul mon esprit debout survit à deux mille ans !
Sans doute des erreurs, qui tenaient de notre âge,
Peuvent ternir parfois l'éclat de mon ouvrage,
Mais il a cependant cette immortalité
Dont tous mes ennemis prennent l'autorité !
A ces titres je peux joindre ma vie entière,
Et ces beaux dévoûments dont la Grèce était fière,
Lorsque sourd à l'appel de la cour du Grand Roi,
D'un peuple épouvanté j'allais bannir l'effroi !
N'acceptant pour tout prix d'un pareil sacrifice
Que le droit d'un tombeau dans les champs de Larisse...
A ma cendre on rendit des honneurs solennels ;
J'eus un temple public, des prêtres, des autels, ...
Et quand vers d'autres cieux la gloire ouvrit son aile
Je suivis de son vol chaque trace nouvelle,
Alexandre d'abord ralluma mon flambeau
Dans la ville où dormait, plié dans son manteau,
Comme un victorieux sur son dernier trophée,
Le seul reste muet de sa gloire étouffée ;
Et dès que son empire obéit aux Romains,
Galien vit fleurir mes palmes dans ses mains.
Rome tomba. Bientôt son immense héritage
Du royaume des Francs fut l'unique partage...
Et sur *ce mont fermé*, pareil à mon berceau,
Je vins dresser ma tente et planter mon drapeau.
Tout m'engageait d'ailleurs à choisir cet asile :
Le ciel, la mer, le sol (terre en simples fertile).
Aussi, presque déchu des anciennes grandeurs,
Mon nom des temps passés recouvra les splendeurs ;
Et Montpellier fonda cette première École,
Qui, de nos Facultés antique métropole,
Envoya ses docteurs au sein des nations,
Comme un soleil répand l'excès de ses rayons !
Tous les genres d'honneurs brillent dans sa couronne ;
Et depuis l'humble toit jusqu'aux degrés du trône

On a béni sa main. Quelques lauriers de plus
Pour Elle désormais sembleraient superflus !
Dans ses fastes d'ailleurs je ne vois point l'espace
Où la gloire pourrait trouver encore place !
. . . .
D'abord les rois de France auprès de son berceau
De leur vieille grandeur viennent poser le sceau.
Les pontifes romains, les souverains d'Espagne,
Des princes, des légats, l'empereur d'Allemagne,
D'un acte solennel lui donnent le fleuron,
Protégent ses statuts et la baisent au front !
. . . .
Mais je n'aurais besoin pour établir ses preuves,
Que de lire un feuillet du recueil de ses œuvres !
C'est Elle qui bâtit avec une Babel
De l'art du médecin l'édifice immortel...
On ignore (ou du moins on feint de méconnaître)
Qu'à son ombre jadis les siècles ont vu naître
Les travaux qui manquaient à notre antiquité,
Et dont les orgueilleux targuent leur vanité,
Pareils au filet d'eau qui vers la mer s'avance,
Et croit à l'Océan avoir donné naissance !
. . . .
Invoquons le passé. Ses titres suffiront
Pour convaincre le doute et venger tout affront.
. . . .
Or, c'était en l'an mil trois cent soixante-seize,
(Date bien authentique aux jaloux n'en déplaise)
Le duc d'Anjou daigna livrer d'un criminel,
Tous les ans, le cadavre au tranchant du scalpel.
Et deux siècles avant toute autre Académie
Montpellier possédait un cours d'Anatomie :
Ce serait le moment de tracer le tableau
Des maîtres dont l'École emprunta le flambeau ;
Car depuis Bengesla jusqu'à l'heure actuelle
Chacun d'eux au foyer jeta son étincelle,

Travail cyclopéen où le temps entassa
Olympe sur Athos, Pélion sur Ossa !
Parmi ceux dont le nom porta le plus beau lustre,
Je vois de Chauliac ouvrir la marche illustre..
Sa grande chirurgie est le précieux don
Qui fut des gens de l'art le célèbre *guidon*.
Négligeant après lui de moins grandes figures,
Dont les traits pourraient bien se prêter aux parures,
Mais qui, nous apportant un surcroît d'ornement,
Ne seraient qu'une perle auprès d'un diamant,
J'évoquerai surtout ces brillantes images
Que les temps poursuivront de leurs pieux hommages :
Les Pierre de Corbeil, les Jean de Saint-Alban,
Les Gérard de Solo, les Guillaume Grisan,
Les Gilbert, les Piquet,... Arnaud de Villeneuve
Qui tortura vingt ans son esprit d'une épreuve,
Prophatius, de Porte et Falconus, Arlaud,
Varandé, Chastelain, Fontanon, Armengaud,
Vinario, Saint-Paul, Joubert, de Tornemire,
Schyron et Rondelet que tout poëte admire,
De Genoilhac, Hucher, du Laurens, Saporta,
Chirac et Sylvius dont Lutèce hérita....
C'étaient, pour la plupart, des auteurs de préludes
Qui venaient préparer de nouveaux champs d'études.
La médecine alors se mêlait d'éléments
Tout-à-fait étrangers à nos enseignements.
Chacun d'après ses goûts élevait sa statue,
Erreur ou vérité de gloire revêtue.
L'un, rattachant la vie aux lois du firmament,
Du monde, le premier, fixait le mouvement,
Et composant notre art de fausse astrologie
Résolvait un problème au nom de la magie !
L'autre de Galien expliquait le trésor ;
Celui-ci recherchait l'invention de l'or ;
Des plantes celui-là découvrait les mystères ;
Un dernier auscultait le cœur et les artères. ..

On pressait la nature enfin par chaque bout
A soulever son voile, à répondre partout....
Et ces fiers éclaireurs aux allures antiques
Embrassaient l'univers dans leurs bras athlétiques :
Esprits universels, avides moissonneurs
Qui voulaient tout cueillir au-devant des glaneurs !
Et sous des titres pleins de fraîche poésie,
Le lys,... le livre d'or,... une gerbe choisie
Étalait du savoir les fruits et les primeurs....
Dans ces âges troublés de sanglantes clameurs,
L'École construisait cette ruche d'abeilles
Où chacun apportait son tribut de merveilles.
Chimie, anatomie, essais d'un sol mouvant,
Découverte, analyse, hypothèse souvent,
Thème expérimental, sujet métaphysique,
Thérapie à secrets, naissante botanique,
Sortilèges cachés, hygiène au berceau,
Mille éléments jetés pêle-mêle en monceau
Aux investigateurs fournissaient la matière,
Et de ces chocs divers jaillissait la lumière !
Ainsi des vérités fermentait le chaos
Où germait l'avenir dans un monde en repos.
Lorsque après les lueurs de l'aube et de l'aurore,
Et ces astres errants, ces jeux de météore,
Se lèvent des soleils de feux étincelants.
Voici le grand Barthez !... Docteur dès ses vingt ans,
Il quitte notre École, et dans la capitale
Trouve auprès des savants une estime amicale.
Falconnet, Poissonnier, Mayran et d'Alembert,
Hainault, Barthélemy s'empressent de concert
De faire un grand accueil à cette intelligence
Dont l'âge pouvait bien se passer d'indulgence !
. . . .
Barthez perdit bientôt ses chers admirateurs
Pour entrer dans les rangs des célèbres docteurs
Que le cri des soldats ensanglantés réveille :

Les camps reçurent donc cette jeune merveille,
Et ce fut aux lueurs des éclairs foudroyants
Que Barthez publia ses Essais flamboyants.
. . . .
Il vint à Montpellier, malgré la calomnie,
Contraindre ses rivaux d'applaudir son génie !
L'Europe vit alors son esprit créateur
Sur un dogme absolu, généralisateur,
Ériger en principe et règle de doctrine
Les vagues souvenirs d'une aveugle routine,
Et nouveau Périclès de l'inspiration
Élever à notre art son fameux parthénon.
Ses *Nouveaux Éléments*, *l'Analyse Clinique*,
Sa *Méthode*, *qui sert de loi thérapeutique*,
Sa *Mécanique Humaine*, *un important traité*.
Mirent sur le pavois notre Université.
La France, l'étranger, savants, académies,
Briguèrent près de lui des liaisons amies.
A Lauzanne, à Stockholm, à Gœttingue, à Berlin,
Toutes avaient voulu l'admettre dans leur sein.
Polyglotte érudit (par un jeu de caprice),
Il pouvait correspondre avec l'anglais Fordyce,
Échanger ses travaux en langage allemand
Avec Quarin, Werloff, Delius, Zimmermann,
Parler avec Piquer la langue de Cervante,
A Fontana répondre avec celle du Dante.
. . . .
Au palais de Thémis prenant un doctorat,
Il obtint les honneurs de conseiller d'État.
. . . .
Médecin imploré des grands chefs de l'armée,
Sur les degrés du trône il vit sa renommée....
L'Empereur, juge expert du mérite et de l'art,
L'attache à sa personne où veillait Corvisart,
Qui lui donna le nom de collègue et de maître,
Dès qu'au seuil du palais il le vit apparaître.

. . . .

C'est ainsi qu'il cueillit et fortune et bonheur,
Mais tout cela n'est rien pour dire sa valeur.
Barthez, c'était Barthez ! un prince du génie,
Exerçant de l'esprit la haute tyrannie,
Cherchant de ces succès qui rendent immortel,
Fier d'abattre une erreur aux pieds de son autel.
Ce fut lui qui sentit ce principe de vie,
Distinct de la matière à ses lois asservie,
Et qui n'est point l'aîné de ce souffle divin
Dont Socrate et Platon ébauchaient le dessin.
Un assaut général attaqua sa doctrine ;
Mais, né pour le combat et d'une humeur chagrine,
Il aimait à braver les grands talents jaloux,
A frapper leur fierté du fouet de son courroux.
Se riant à la fois du nombre et de leur taille,
Il restait le dernier sur le champ de bataille,
Et ne laissait debout autour de son drapeau
Que la gloire joyeuse allumant son flambeau !

. . . .

Il mourut, l'Empereur et l'Institut de France,
Tous les corps de savants suivirent en silence
Son cercueil entouré d'hommages solennels. . . .
Desgenette y porta des regrets éternels !

. . . .

Notre Université devint sa légataire.
Et l'on peut voir encor sa main dépositaire
Montrer avec orgueil à tous les yeux surpris
Qu'Elle n'a pas perdu ce que la mort a pris !

. . . .
. . . .

Quand cet astre couchant fuyait dans ses mirages,
L'aurore de Delpech saluait nos rivages.
Découvert tout d'abord par l'amour filial,
Son talent fit plus tard trembler un grand rival.
Ce fut un pansemet appliqué sur son père,

Qui présagea l'éclat de sa noble carrière.
Et l'aimable vertu qui distinguait son cœur,
Au maître audacieux sembla porter bonheur.
Larrey sut deviner dans ce jeune novice
D'un immense avenir la source créatrice,
Et le fit préluder, sous ses regards amis,
Aux succès que sa voix avait déjà promis.

. . . .

Delpech à Montpellier couronna ses études ;
Et sa thèse indiqua ses grandes aptitudes.
Puis conduit à Paris, qu'il rêvait pour Éden,
Son audace effraya l'orgueil de Dupuytren.
Et bien que ce dernier fût un joûteur habile,
Agamemnon n'osait se battre avec Achille.
Un concours cependant les appelait tous deux
A disputer le prix d'un titre glorieux....
Boyer pria Delpech d'un noble sacrifice :
C'était d'abandonner les chances de la lice....
Delpech était grand cœur !... il sauva son rival ;
Mais lui n'oublia point, sur un tel piédestal,
Qu'à vaincre sans péril on triomphe sans gloire,
Et qu'une lâcheté fait rougir la victoire !...
Aussi, jamais le nom du talent détrôné
N'attrista les discours du jaloux couronné,
A qui le bruit lointain d'une voix fraternelle
Portait le souvenir d'un blessant parallèle....
Que ce silence était un éloge fréquent !
Plus l'oubli calculé se présentait fréquent,
Plus ses admirateurs comprenaient la faiblesse
Dont le voile couvrait sa pénible tristesse :
Et quand sa main jalouse éloignait le flambeau,
L'ombre reparaissait au fond de son tableau ;
Tandis qu'en les splendeurs de sa gloire naissante
Rayonnait de Delpech l'image éblouissante.
L'un possédait pourtant le sceptre convoité ;
Mais l'autre modérait sa superbe fierté....

Ce n'est jamais assez d'éviter un émule,
Un remords dévorant autour de vous circule ;
Et l'orgueil inquiet n'accepte pas l'affront
De voir son adversaire avec l'étoile au front !
. . . .
La valeur de Delpech au second rang placée
Refusa noblement de se voir délaissée.
Il vint à Montpellier saisir l'occasion
De reprendre au passé son abdication !
. . . .
Là Fages et Maunoir rendirent solennelle
La lice qui servit de scène à la querelle ;
Et Delpech, à son tour devenu dictateur,
Se vengea des dédains du fier solliciteur,
Par autant de travaux et d'immortels ouvrages
Qu'il avait à son nom refusé des hommages.
Il fut pour notre École une de ces grandeurs
Qui prennent aux rivaux la moitié des honneurs,
Et presque au-dessus d'eux allant poser leur trône,
Obligent la fortune à doubler la couronne.
Or, le dernier rayon de la célébrité
Manquait depuis long-temps à notre Faculté.
La médecine avait illustré ses annales
Et dominé de loin l'éclat de ses rivales.
Seule, sa chirurgie offrait un vide affreux,
Mais Delpech le combla de faits miraculeux.
Elle trouva chez lui cet éclat des grands maîtres
Qui dépasse en un jour tout un siècle d'ancêtres !
Et jamais depuis lors aucun nom glorieux
Ne put à ses destins faire baisser les yeux !...
Delpech, esprit actif et sublime inspiré,
Connaissait tout le prix d'un penseur éclairé.
Et c'est faire à grands traits son éloge historique
D'offrir de ses travaux l'exposé synoptique :
Des Vaisseaux altérés, Précis chirurgical,
Kystes, Ténotomie et le Mémorial,

Traité d'orthomorphie et Leçons de clinique,
Visages restaurés, Source progénésique,
Trichyasis, enfin, Gangrène d'hôpital.
Ce chef-d'œuvre rempli d'intérêt capital,
Au sein de l'Institut admit le publiciste
Dont la plume primait son vieil antagoniste.
. . . .
Lorsqu'il eut parcouru, dans ces divers sujets,
De sa profession les principaux objets,
Il avait projeté l'audacieuse étude
D'obtenir, par des faits, l'entière exactitude
Du fait initial des mystères vitaux :
Secret fondamental de nos points doctrinaux....
Ce travail gigantesque indique la puissance
Dont pouvait disposer sa vaste intelligence.
Les monts amoncelés dans les cieux éclatants
Mesuraient autrefois la force des Titans !
. . . .
Bien que fils de son siècle, il avait l'âme antique,
Méprisait le danger du souffle épidémique,
A l'Écosse mourante allait porter secours,
Pareil à ces héros qui dans les anciens jours,
Après avoir chez eux cueilli toute la gloire,
Volaient briller ailleurs au soleil de l'histoire !
. . . .
On admire surtout ses inspirations,
Quand des règles manquaient aux opérations.
Comme un éclair subit sauve d'un sombre abîme,
Son génie inventait, dans un élan sublime,
Ces traits audacieux qu'on tremble de nommer,
Mais qu'un heureux succès venait légitimer....
Il savait cependant mùrir la certitude
D'une indication pleine d'inquiétude,
Et fut souvent troublé dans ses recueillements
Par l'éclat effréné des applaudissements !
On citera toujours cette scène émouvante,

Où deux cents spectateurs, travaillés d'épouvante,
Joyeusement surpris par des transports soudains,
D'un accord spontané battirent tous des mains !

. . . .

Il s'agit de Deidier. . . . Des travaux authentiques
Montrent d'un tel sujet les preuves historiques,
Et dans notre Musée on garde avec honneur
Ce brillant témoignage à deux titres flatteur !

. . . .

Mais la mort qu'il avait tant de fois combattue,
(Comme on insulterait une belle statue,)
Souffleta brusquement cette tête d'acier,
Et lui prenant des mains jeunes fleurs et laurier,
Couronnes d'épi d'or et de palmes nouvelles,
Jeta sur son tombeau celle des immortelles !

. . . .

Plus heureuse pourtant que son illustre sœur,
Notre Université n'a pas eu la douleur
De voir de son héros les dépouilles sanglantes
Passer en vingt lambeaux entre des mains tremblantes.
Un seul disciple, encor présent à mon appel,
A pris, par droit d'honneur, le sceptre paternel,
Et, rallumant l'éclat de l'étoile éclipsée,
Il rappelle au présent notre gloire passée !
Je ne pourrais jamais épuiser le sujet
Qui soulève pour nous un si grand intérêt.
Aussi, de ces grandeurs je dois clore la liste,
En nommant de l'École un ardent vitaliste:
Cet illustre Lordat dont la célébrité
L'a jeté tout vivant dans la postérité !
Patriarche dont l'âge a vu deux Républiques,
Et reçut du Pouvoir titres honorifiques,
Grades, distinctions, marqués du seing royal
Et dorés aux rayons de l'astre impérial !

. . . .

. . . .

Au sortir du berceau coudoyé par la gloire,
Il inscrit de grands noms au seuil de son histoire.
Avec Broca, Larrey, Pelletan les premiers
Bercèrent sa jeunesse au bruit de leurs lauriers.
Alors d'un siècle éteint recevant l'héritage,
Du siècle renaissant il devient le partage,
Mais, conduit par le sort sous les drapeaux français,
Au pas de la victoire il apprend le succès,
Et force de la mort les fureurs étouffantes
A reculer devant ses armes triomphantes !
Dès ce jour, rien ne peut arrêter son ardeur.
La science le vit parcourir en vainqueur
Tout le cercle éclatant de ses glorieux faîtes
Où sa main apportait de nouvelles conquêtes,
Quand le génie, après nos destins rétablis,
Allumait ses flambeaux au soleil d'Austerlitz !
Or, c'était dans ces jours de triomphes sublimes
Qu'il rétablit encor nos célèbres maximes,
Et que reconnaissant les secrets éternels,
La jeunesse accourait autour de nos autels;
Lorsqu'il faisait leur part aux lois de la matière ;
Du Principe vital invoquait le mystère ;
Par Barthez, jusqu'à moi se frayait un chemin,
Et venait réclamer, dans un âge lointain,
Les germes oubliés de ce fécond système
Qui met l'œuvre divin à son degré suprême,
En plaçant sur son front ce titre radieux :
L'homme est un dieu tombé qui se souvient des cieux!
. . . .
Cinquante ans retentit sa voix infatigable;
Soutenant contre tous cette lutte implacable,
Où venaient se heurter de faibles hobereaux,
Fiers de citer la gloire aux petits tribunaux !
. . . .
Les juges absolus condamnaient sans connaître,
Mais les graves penseurs applaudissaient leur maître,

Quand ils pesaient les faits et voyaient à la fois
Un homme à tant d'esprits faire seul contre-poids !
. . . .
La mécanique a beau torturer la nature ,
Quelque chose toujours échappe à sa mesure,
Et ce Grand Inconnu de nos sens trop réduits
Nous arrête en disant : Je suis celui qui suis !
. . . .
Quelqu'un voulut pourtant modérer notre ivresse,
Et battre en plein soleil la vieille forteresse.
Quatre athlètes , nommés par décret du Pouvoir ,
Vinrent dans notre École imposer leur savoir.
Puis , lorsque s'éteignit leur folle polémique ,
Ils avaient revêtu la teinte hippocratique,
Et , métamorphosés aux contacts ennemis ,
Ils s'étonnaient déjà d'être de nos amis !...
Le siècle fit un pas. Tous ces bruits s'effacèrent ;
D'eux quelques souvenirs à peine nous restèrent,
Mais Lordat vient frapper aux portes des cent ans ,
Et semble respecté des injures du temps. . . .
Ainsi, dans le désert on voit l'orage abattre
Et rouler en jouant la cabane du pâtre ;
Tandis que le sommet des cèdres du Liban
Ignore qu'à ses pieds a passé l'ouragan !
. . . .
Or, son buste, élevé dans sa ville natale,
A trompé le moment de son heure fatale ;
Et son pays jaloux peut d'un œil caressant
Contempler tous les jours les traits du fils absent !
Ici, rien ne rappelle encore son passage :
Sa présence vaut plus qu'une brillante image ,
Et sur un piédestal la mort ni les honneurs
Ne le mettront jamais si haut que dans les cœurs !
. . . .
Du reste, ses travaux garderont sa mémoire :
La plupart ont prouvé qu'il était méritoire

D'établir, dans un siècle où triomphait Broussais,
Quand le doute à Dieu même avait fait son procès,
D'établir de l'Esprit la noble Insénescence,
Du Dynamisme Humain l'accord et la puissance,
Et de jeter à flots au Principe Vital
Preuves, titres certains d'ordre expérimental,
Pure Métaphysique, haute Philosophie,
Témoignages savants qu'on invoque et défie...
Et de rester après, radieux argument,
Au sommet couronné d'un pareil monument !
. . . .
Qui pourrait ignorer l'ardente polémique,
Les assauts répétés et l'habile tactique
Dirigés contre nous avec de grands éclats
Par les soins du talent ou par des petits fats!... —
On accuse, en riant, le fond de mon système
De ne résoudre aucun des termes du problème
Que la vie à notre art propose tous les jours :
Notre doctrine a pris le chemin des détours ;
L'ignorance, dit-on, peut bien se mettre à l'aise
Sous le mystère ami d'une vague hypothèse ;
Mais l'investigateur, avec preuves en main,
Épèle mot à mot les lois du corps humain
Et porte une rigueur de fait mathématique
Dans l'établissement de sa foi théorique ;
Il peut tout calculer, peser et mesurer,
Détruire, transformer et puis recomposer,
Du travail de la vie indiquant tous les actes...
Quand ils sont isolés, il a ses lois exactes,
L'ensemble seul lui porte un embarras constant :
Si l'on touche avec lui certain point important,
Tout s'écroule et se voile au moment de paraître ;
Et ces mille clartés que le compas fait naître
Laissent l'ombre et la mort sur le vivant tableau :
C'est le pilier absent qui fait tomber l'arceau,
C'est la trame qu'un fil invisible abandonne,

C'est le Protée amorphe et qu'un voile emprisonne,
En ne donnant après que le vide muet;
C'est ce qu'on ne voit pas et que l'esprit admet;
C'est tout et ce n'est rien : et c'est bien quelque chose,
Résultat d'un ensemble ou peut-être sa cause;
C'est le mystère, enfin, du grand compositeur,
Qui livre son ouvrage au brûlant disputeur,
Qui permet d'entrevoir en de nombreux passages
Les mouvements divers de ses petits rouages,
Mais ne laisse jamais ouvrir le coffre-fort
Où réside caché le secret du ressort !
C'est le nœud gordien du principe de vie,
Énigme en tous les sens vainement poursuivie;
Sensitive animale impossible à toucher,
Écho disparaissant quand on veut l'approcher;
C'est une ombre où le jour apporte les ténèbres,
Où la clarté se change en des torches funèbres;
Fantôme refusant de quitter son manteau,
Qui disparaît sitôt qu'on en prend un lambeau;
C'est le fruit défendu de la science avide,
Qui n'y trouve en l'ouvrant que la mort et le vide;
C'est un souffle divin de la terre inconnu,
Invisible habitant on ne sait d'où venu,
A la fois réflecteur et foyer de lumière,
Propulseur résultant du choc de la matière,
Où la cause et l'effet naissent en même temps,
S'engendrent tous les deux comme instinctivement,
Cercle où toujours la fin est le point d'origine,
Force vitale encor dont l'empire domine,
Qui se trouve partout et ne gît nulle part,
Dont chaque molécule a cependant sa part;
C'est le sphinx de l'esprit qu'un nuage environne,
Harmonieux Memnon, dont l'âme ne résonne
Que sous le feu sacré des rayons du soleil !
. . . .
On veut à ma doctrine opposer l'appareil

D'une communauté de simples phénomènes,
Pour conclure du fait des états homogènes,
Rien qu'à l'égalité d'essence et d'action ;
Comme on l'établirait pour une équation !
. . . .
-Sans doute, ces efforts éclairent bien des choses,
Et de quelques effets nous indiquent les causes ;
Mais ils sont, à côté du *consensus* vital,
Ce que le minimum est auprès du total,
Et je doute qu'un jour ce labeur continu
Trouve tous les facteurs de l'immense Inconnu !...
Qui veut, en démontrant, prouver outre mesure,
Trompe la vérité, que l'excès dénature ;
D'ailleurs, ce qui devrait vous tenir à l'écart
Des partis enrôlés sous un tel étendart,
C'est le grand désaccord, les tristes divergences
Qui s'élèvent entre eux dans leurs expériences.
Ce qu'ils ont découvert des lois du corps humain,
Vérité d'aujourd'hui sera tout faux demain !
Aussi doit-on souvent, dans ces métamorphoses,
De clartés en erreurs, mortes à peine écloses,
Douter d'une évidence, apparente à vos yeux,
Qui prend, pour vous jouer, des traits fallacieux ;
Caméléon changeant aux reflets de lumière,
Qui miroite, et jamais de la même manière,
Sorte de ligne droite où l'étude en chemin
N'a pu nous indiquer origine ni fin !
. . . .
Et je ne conçois point qu'on juge d'ignorance
L'aveu désespérant de toute intelligence,
Qui, près de pénétrer dans l'inconnu, soudain
Y trouve sur le seuil : Tu n'iras pas plus loin !
Qui depuis trois mille ans frappe à la porte obscure,
Et sans jamais l'ouvrir appelle la nature !
. . . .
Mais un aveuglement qui n'est point le savoir,

C'est de nier le fait de ce qu'on ne peut voir.

. . . .

Barthez, Delpech, Lordat sont les trois coryphées
Que viennent entourer, comme de grands trophées,
Lapeyronie, Alquié, Baumes et d'Amador (1),
Serre, Anglada, Berard, Bordeu, Ribes, Estor,
(Dont quelques-uns encor brillent par leur famille)
Méjean, Dugès, Dubrueil, Lallemand et Delile,
Caizergues, Broussonnet, Rech, Delmas et Golfin,
Duportal... et tous ceux qu'espère le burin.

. . . .

Ces trois représentants résument ma doctrine,
Et presque sans rival chacun d'eux prédomine,
Comme un astre puissant dans ses attractions
Entraîne autour de lui ses constellations !

. . . .

Les nouveaux héritiers de ces brillants modèles,
A leurs nobles destins se montrent tous fidèles :
Lorsqu'avec des rivaux ils vont se mesurer,
De leurs juges jaloux ils se font admirer.
Des Écoles, les uns ont occupé les chaires ;
D'enseignements divers tour-à-tour titulaires,
D'autres ont préparé dans ce noviciat
L'universalité d'un grand professorat ;
Avant que d'obtenir notre belle couronne,
Du savoir autre part on occupe le trône ;
Enfin, pour avoir droit à nos célébrités,
Plusieurs ont dû briller dans d'autres Facultés;
Et professer ailleurs pour eux n'est qu'un prélude
Qui forme très-souvent leurs premiers jeux d'Hercule !
Or, pour justifier ces éloges flatteurs,
Je pourrais rappeler avec leurs inventeurs
Les principaux sujets des grandes découvertes
Dans le sein de l'École à la science ouvertes,

(1) La difficulté de la versification fait rompre l'ordre chro-
nologique.

Et donner en détail cet immense labeur
Dont notre Faculté revendique l'honneur ;
Vous compter les rameaux de l'arbre allégorique
Qui porte de nos fruits la légende historique,
Et ranger à ses pieds la superbe moisson
Des gerbes que le temps glane à chaque saison.
Pour émietter ainsi cette œuvre surhumaine,
Il faudrait des géants la main herculéenne ;
Et ce serait encor trop charger mes tableaux....
Pour des jours pleins de bruit silence à des tombeaux !
. . . .
On le sait bien, d'ailleurs les nouvelles écoles
Réglaient sur notre aimant l'aire de leurs boussoles.
Elles voudraient en vain cacher ces déplaisirs :
Sous leurs voiles ingrats brillent les souvenirs.
Nos maîtres ont battu le passé de leurs dalles
En y laissant empreints les pas de leurs sandales ;
Et si je les nommais, peut-être les échos
Me répondraient encor par d'éclatants bravos !
Platerus, les Bauchins à Bâle s'illustrèrent ;
A Leyde De l'Ecluse et Drelincourt brillèrent ;
Avec Sanchez d'abord Toulouse resplendit,
Et son école encor d'Astruc s'enorgueillit ;
Sylvius à Paris jeta sa renommée
Dans la foule des clercs tout enthousiasmée ;
Attirant près de lui de nombreux auditeurs,
Son génie éclipsa tous ses prédécesseurs,
A leur enseignement joignit l'anatomie
(Présent d'un fruit nouveau pour leur Académie) ;
Et renvoyant sur nous un éclat immortel,
Sa gloire ne laissa que de l'ombre à Fernel !
Scharpe nous fut ravi par l'offre de Bologne,
Et Georges Blandrata parcourut la Pologne ;
Copenhague nous doit Olaüs Wormius ;
Dantzick ne peut nier les dons qu'il a reçus.
Et partout on entend adresser des louanges

Aux lauréats sortis de nos jeunes phalanges....
Enfin, je citerais des noms contemporains
S'il fallait en haut lieu confondre les dédains.
J'ajoute seulement quelques faits authentiques :
A Matte Lemery dut ces talents chimiques
Qu'il déploya plus tard devant les yeux surpris
Des disciples nombreux qu'il avait à Paris ;
Et depuis l'alcool d'Arnaud de Villeneuve
Jusqu'aux nouveaux Chaptal on trouverait la preuve
De nos matériaux portés au monument
Qu'élève la chimie à notre étonnement !....
Consultez de notre art n'importe la matière,
Vous la verrez toujours croissante de lumière.
Les plus simples détails d'une opération
Et les témérités de l'inspiration
Offrent tous les degrés de l'échelle ascendante
Que peut gravir l'esprit dans sa marche brillante.
Aussi, j'indiquerai quelques points culminants
Qui nous rappelleront des hommes éminents ;
Recueillant au hasard de notre souvenance
Même les traits marqués de la moindre importance.
....
Ici de Chauliac compose son Guidon ;
Là suit le merveilleux de Bernard de Gordon....
Rousset, à Montpellier, dès une date ancienne ;
Fait l'opération dite Césarienne ;
Vigarous, le premier, resèque l'humérus ;
Delpech, le grand Delpech, extirpe l'utérus !
Joubert livre un combat à l'erreur populaire ;
Arlaux vient formuler son vieil électuaire ;
Tout le monde connaît l'eau blanche de Goulard ;
Vieussens et Pecquet encouragent Itard ;
Et Ferrein, poursuivant l'étude anatomique,
Dote notre passé d'une gloire historique ;
Méjean et Pellier sur le même chemin
Ont dirigé leurs pas et s'y donnent la main ;

Lamorier reconnut la douleur virtuelle
Qu'éprouve l'amputé sans cause matérielle ;
Le Roy de la rosée exposa la raison,
Et Matte découvrit certain lithophyton.
A quoi bon rappeler la potion Rivière,
Qui règnera toujours dans un bon formulaire?
Balard trouve le brôme aux varechs de la mer;
Baumes à la chlorose administre le fer ;
Lallemand et Fouquet me demandent justice;
Golfin apporte aussi sa pierre à l'édifice;
Chrestien réclame après pour ses chlorures d'or;
Un autre arrive ailleurs en nommant son trésor.....
Que sais-je?.. il me faudrait un vaste répertoire
Et de l'art de guérir conter toute l'histoire,
Pour rappeler à ceux qui semblent l'oublier
De quels droits notre voix peut se glorifier...
Mais il est, entre tous, un argument infâme
Que je veux repousser, et de toute mon âme:
On accuse souvent l'antique Faculté
De vivre dans les bras de la caducité,
De bannir des parvis de ses vieux sanctuaires
Les préceptes nouveaux des jeunes doctrinaires.
Eh bien! c'est une erreur, j'en appelle au décret
Qu'on lançait à Paris contre Vallot, Turquet,
Habiles novateurs sortis de notre école,
Et qui, s'affranchissant des chaînes du contrôle
Adoptaient d'après nous des moyens curateurs
Qui blessèrent l'orgueil des superbes docteurs.
Leur conduite montra que nous savons admettre
Tous les moyens puissants que le temps fait connaître,
Et nous ne rejetons que ces fruits avortés
Produits par les efforts des médiocrités!
Car il est aujourd'hui dans toutes les cervelles
Le désir de cueillir quelques fleurs d'immortelles :
On découvre à grand bruit: la mort, c'est le trépas!.
Mérite si plaisant de ceux qui n'en ont pas !

. . . .
Mais si je compulsais pas à pas la science
De notre contingent viendrait l'exubérance,
Car sous mille reflets de ses rayonnements
La gloire nous donna ses éblouissements;
Et comme en un concert de parfaite harmonie
De plusieurs instruments naîtrait la symphonie,
De la variété de ses gerbes de feux
Notre couronne tient son éclat radieux :
On y voit l'olivier près la feuille de chêne;
L'ivoire y resplendit à côté de l'ébène ;
L'or et le diamant se mêlent au cristal;
La perle brute ou non s'enchâsse au pur métal.
Ainsi dans nos trésors ressortent des contrastes
Que je veux en passant indiquer dans nos fastes,
Arabesques, dessins bizarres et joyeux,
Accidents composés pour le plaisir des yeux.
. . . .
C'est du vieux Rabelais la figure historique,
Avec son enjoûment, son rire sardonique,
Ses malheurs, ses travers, son art facétieux,
Son destin vagabond rempli de merveilleux,
Sa gravité bouffonne et son humeur grivoise,
Son esprit libertin, sa personne matoise,
Son séjour à Paris, ses fuites des couvents,
Ses vœux toujours violés, ses frocs jetés aux vents,
Sa place à notre École, où sa voix tapageuse
D'une étape imprima la trace voyageuse,
La fable de sa robe... Eh ! que dirai-je encor?
Pour prix de ses leçons le fameux écu d'or!
Ses intrigues à Rome et son patelinage,
Quelque chose qui sent les jours du moyen âge ;
Enfin de ses écrits c'est la fleur et le sel,
Gargantua jouant avec Pantagruel.
Médecine, théâtre et sujets de morale
Occupent tour-à-tour sa plume originale:

C'est l'excentricité d'un moine indépendant,
Dont les folles splendeurs au prisme discordant,
Venant tout à la fois d'un gnome et d'une fée,
Nous laissent du rieur l'image ébouriffée ;
C'est le prêtre-docteur, haillons, pourpre en lambeaux,
Mosaïque en désordre égayant nos tableaux ,
Sorte de juif-errant, figure fantastique
Traçant sur nos blasons son énigme héraldique !
. . . .
Près des traits enjoués de ce nouveau Momus ,
S'élève gravement Michel Nostradamus.
Professeur singulier , voyageur populaire,
Astrologue chéri des grands et du vulgaire,
Philosophe devin, magique observateur,
Dans les astres cherchant les lois du Créateur ;
Mais cœur tendre et fidèle, épris de la noblesse
Des grandes amitiés de Rome et de la Grèce,
Cultivant Scaliger ou tout autre savant
Dont il cherchait partout le commerce attrayant ;
Du pauvre en sa cabane , où le chaume le couvre,
Allant auprès des rois jusqu'au palais du Louvre ;
Recevant à son tour leur visite à Salon,
Dans la simplicité d'un aimable Solon ;
Répondant à l'appel de toutes les misères,
Voyant le monde en sage et les hommes en frère ;
Acteur des temps passés jouant le souvenir ,
Ou prodige avorté des flancs de l'avenir ;
Sauvant Aix et Lyon de leurs épidémies ;
Puis, non loin de leurs murs, comme entre deux amies,
Fatigué de succès, comblé de mille égards
Tournant vers son pays ses pas et ses regards,
Il mourut, nous léguant pour son apologie
Le ciel tout étoilé de son astrologie !
. . . .
Entre ces deux portraits de l'histoire connus
J'aurais bien dû placer Pierre Lusitanus.

A peine sortait-il de notre amphithéâtre ,
La fortune aussitôt le prit en idolâtre ,
Promena sa jeunesse au milieu des honneurs ,
Et lui fit parcourir le cercle des grandeurs :
Prêtre , puis cardinal , pape-évêque de Rome.
Il devint Roi des rois dans le plus beau royaume !
. . . .
Ajoutant à ces noms des maîtres disparus ,
Que le hasard , le temps , le sort ont répandus
Du midi vers le nord , du couchant à l'aurore , .
J'aurais bien des sujets de discourir encore :
Les Bernier , les Lobel , les Miron , les Montus ,
Les habiles de Lorme et les Olaphius ,
Les Menjot , les d'Aquin et les Robin m'appellent ;
Autour de moi des flots de talents s'amoncellent ,
Et réclament leur place à ce fleuve immortel
Qui depuis deux mille ans coule de mon autel.
Mais d'un lit trop étroit il déborde les rives ,
Répand de toutes parts ses ondes fugitives ,
Dont je vois les débris se perdre sur le sol
Jusque dans les déserts de l'Empire Mogol , ...
Et trouvant en tous lieux un nom qui me réponde ,
Je pourrais faire ainsi presque le tour du monde !
. . . .
Je sais , vous le voyez ce que chacun me doit ,
Et de me censurer on n'a guère le droit.
Lorsque la renommée , au seuil de nos portiques ,
Annonçait quelque part de ces joûtes publiques
Où le mérite seul avait droit aux lauriers ,
Nos docteurs au champ clos descendaient les premiers.
On dit que dans l'arène on leur criait victoire !
Mais les dispensateurs des arrêts du prétoire ,
De crainte d'obéir à ces entraînements ,
Retenaient dans leurs mains les applaudissements ;
Et n'allaient recevoir au bout de la carrière
Que les joûteurs timbrés au sceau de leur rapière . . . .

Nos disciples naïfs, privés de leur couleur,
Faisaient dans le savoir consister leur valeur,
Et croyant le talent titre assez méritoire,
Ne firent jamais rien pour dérober la gloire !
Aussi le tribunal, choqué dans sa fierté,
Prenait pour de l'orgueil cette simplicité,
Voyait d'un œil jaloux nos champions stoïques,
Plus forts que les héros des couples homériques,
Seuls, debout sur leur char, terribles chevaliers,
Tenir tout à la fois la lance et les coursiers !
. . . .

Pourtant, quand il fallait décerner la couronne
Et rendre habilement l'oracle de Bellone,
Aux rivaux éconduits par d'éloges pompeux
Les juges témoignaient des regrets chaleureux,
Puis, pour faire adopter leur trompeuse défaite,
Leur annonçaient le deuil avec des chants de fête !
. . . .

Or, ces vaincus n'étaient que d'illustres vainqueurs,
Qui ne connaissaient point l'art des triomphateurs,
Car la fortune, hélas ! cette reine du siècle,
N'avait pas tamisé sur leurs deux ailes d'aigle
La poudre ni l'émail du riche papillon...
Mais trève... j'aime mieux sortir de ce sillon,
Et laisser au passé ces luttes et ces guerres :
Il est des tremblements, des feux et des tonnerres,
Des éclats au Vésuve aussi bien qu'à l'Etna ;
Les éclairs de l'Horeb valent ceux du Sina !
. . . .

Je me rappelle encor les prix et les louanges
Que Paris décernait à nos vieilles phalanges,
Quand son Académie à de brillants concours
De nos maîtres jugeait les œuvres, les discours.
Alquié, D'Amador, Pujol et leurs confrères
Rendirent, par ces jeux, nos destins plus prospères ;
Les palmes dans leurs mains savaient si bien fleurir

3

Que Baumes fut prié de ne plus concourir !...
. . . .
Le burin de l'histoire, en gravant ses annales,
A livré le tableau de ces honteux scandales,
Où l'arbitre ajoutait au plateau de son choix
La faveur pour servir d'injuste contrepoids....
D'autre part il dressa, sous un grave symbole,
Les tablettes d'honneur de notre illustre École,
Et l'on trouve établis sur des pages d'airain
Ces titres consacrés par un droit souverain:
Toutes les cours d'Europe ont appelé ses maîtres,
Et les trônes ont vu sa légion d'ancêtres;
Il n'est pas de grandeur, de sainte majesté
A laquelle son nom ne soit déjà monté:
Les pontifes romains consultaient ses oracles,
Et près de la tiare admettaient ses miracles.
Tels qu'au phare sauveur on tourne les regards,
Vers elle les puissants couraient de toutes parts:
Et des fronts couronnés endormant la souffrance,
La Faculté brillait aux plus beaux jours de France;
Jusqu'à Louis le Grand on la vit autrefois
Donner de ses docteurs à presque tous ses rois !
. . . .
Leyde, je vous l'ai dit, Copenhague, Lisbonne
Bâle, Strasbourg, Dantzick, la jeune Babylone,
Doivent à Montpellier des hommes éminents
Qui leur portèrent tous l'éclat de leurs talents.....
Et des astres nouveaux, reflets de ma lumière
Eteindraient maintenant le foyer de leur mère !....
Ces lieux, dans leur histoire oubliant notre part,
Ignorent donc quel fut le point de leur départ!
Que rougir des bienfaits est digne d'un parjure;
Que loin de nous jeter le mépris et l'injure,
Il vaut mieux respecter celle qui les peuplait:
« On ne bat pas le sein qui vous donna le lait ! * »

* Victor Hugo.

....

Peut-être, dira-t-on, ce n'est pas le passé
Qu'il s'agit de défendre en faux intéressé.....
On me dénonce donc ma nouvelle pléiade?
Eh! j'ai là le sujet de toute une Iliade!...
Je citerai d'abord les maîtres en renom :
J'en couronne déjà plus de vingt de leur nom!
Voici.... Ne blessons pas leur réserve surprise,
Puisqu'ils ont adopté cette noble devise :
Fleur modeste toujours donne le meilleur fruit;
Le mérite comprend plus de bien que de bruit.

....

On leur reproche aussi, me direz-vous encore,
D'afficher rarement l'éclat d'un nom sonore,
Comme d'autres docteurs, sur des in-folios,
Bâtis avec un cent de gros in-octavos
Empruntés au savoir des plumes étrangères!...
C'est vrai, ce ne sont pas de rudes plagiaires.
Nul ne se pare ici des dépouilles du paon,
Ni de trésors volés, en indigne forban;
Chacun de ses travaux se tresse une couronne,
Et peut se contenter des reflets qu'elle donne :
Les feuillages d'ailleurs, les fruits n'ont des beautés
Que sur des arbres verts et qui les ont portés!
Aussi, jamais chez nous ces honteuses disputes
Où les aliborons engendrent tant de luttes
Pour réclamer, sans droit, de prétendus honneurs
A des inventions prises à leurs auteurs!
Nos maîtres ne sauraient signer que leurs ouvrages:
C'est réglé par les lois de nos anciens usages.
Sur une découverte, ils ne font point assaut
Pour ravir un talent qui ne fait pas défaut,
Ils laissent ce beau rôle aux âmes délicates
Dont la gloire d'emprunt souillerait des pirates;
Mais s'ils n'ont pas écrit en grande quantité,
Leurs œuvres sont du moins de bonne qualité:

On condense le miel sous un petit volume ;
Comme lui leur travail vous plaît et vous parfume.
De tant d'autres essais les leurs n'ont pas le sort ,
Et ne voient point le jour pour saluer la mort !
. . . .
Laissez-moi vous parler des dévoûments sublimes ,
Dont on ne peut nier les titres légitimes :
Ce sont les Chicoyneau , les Verny , les Deydié ,
Les Berthe , les Fuster , les Dubrueil , les Alquié ,
Les Delpech abordant les îles britanniques ,
Les Dupré refoulant les flots épidémiques ,
Les Caizergues , les Rech , les Jaumes à leur tour
Disputant la victime aux serres du vautour !
Et cette légion des beaux jours où nous sommes ,
Qui de jeunes grands cœurs fit presque des grands hommes !
Lorsque nos Cursius couraient parmi les deuils ,
Contre la mort se battre au milieu des cercueils !
Toulon , Arles , Grand'Combe ont vu dans leurs murailles
Livrer durant vingt jours ces terribles batailles ,
Où les nouveaux Jacob contre un ange luttaient ,
Et , sous des coups mortels ,... pour d'autres combattaient !..
On a voulu payer ces fières hyperboles ,
Mais elles surpassaient l'éclat des auréoles . . . .
Arrière les hochets pour ces nobles enfants !...
Gloire ,... laisse passer nos héros triomphants !..
Quel trésor à donner pour un tel sacrifice ?
C'est assez qu'en secret le malheur les bénisse..
La louange ne peut sacrer leur front vainqueur :
L'esprit ne parle point le langage du cœur !
. . . .
Quant aux motifs dorés que le vulgaire invoque
Sous les noms spécieux de besoins de l'époque ,
De sujets distingués , de centres populeux ,
De progrès étonnants , de faits miraculeux ,
De cercle trop étroit où languit le génie ,...
Ce sont là des raisons que mon esprit renie :

Il faut plus que l'attrait d'une vaste cité,
Pour créer près de nous une autre Faculté.
Ces éléments sans doute offrent quelque avantage,
Et fascinent surtout les regards du jeune âge ;
Mais, entouré d'écueils, pris par le tourbillon,
Le jeune aigle bientôt y devient papillon,
Et ne songe à voler loin de ses bagatelles
Qu'après avoir perdu la moitié de ses ailes !
Notre ville pourtant leur offre un meilleur sort :
L'esprit vers le travail y prend toujours l'essor.
Silence, doux séjour, aimable solitude,
Tout favorise ici les amours de l'étude ;
Et tel qui poursuivrait ailleurs de faux plaisirs,
De labeurs fructueux y berce ses loisirs.
Partout, inscriptions, bronze, marbre, statue,
Monument de grandeur régnante ou combattue,
Au disciple oublieux de son noble devoir
Rappellent les honneurs et l'éclat du savoir.
L'*Hippocrati* [1] *sacrum*, notre vieux Capitole,
Reçoit les lauréats de toute cette École,
Devant un sanhédrin de superbes aïeux,
D'illustres professeurs, d'athlètes glorieux,
Assemblés par la mort dans ce grand sanctuaire :
Dalesto, de Gordon, Colonis, Cazanhaire,
Guitonio, Pecquet, de Tarente, Angelus,
Marcilia, Miron, Corandi, Bassolus,
Garcinus, Tremolet, de Genoilhac, Fumée,
Chauliac dont le temps garde la renommée,
Trocelleri, Gaubert, Villeneuve, Schyron,
Cabrol, Falcodecon, Feynes et Fontanon,
Borandus, Rondelet, Griffy, de Tornemire,
Scharpe, les Saporta, Rabelais qui fait rire,
Hucher, les Dortoman, Delort et Condinus,
Pradilles, Varandé, Soliniac, Ranchinus,
Les Sanchez, les Laurent, Poutingon et Rivière,

---

[1] *Hippocrati* est employé au datif.

58

Benoît et les Duranc, le Bibliothécaire,
Brunel, les Chicoyneau, Fonsorbe, Fitzgerald,
Fesquet, de Vieussens, Chirac, les Belleval,
Les Magnol, les Rideux, Imbert, Le Roy, Lamure,
Béjac, Fizes, Deidier, de Corbeil en tonsure,
De Sauvages, Dumas, Tenque, les Haguenot,
Courtaud, les Broussonnet, Vigarous et Margot,
De Candolle, Venel, Sérane, Lafabrie,
Lazerme, Sabatier, Montabré, Laborie,
Grimaud, Fouquet, René, Fages, Barthez, Gouan,
Lapeyronie et Brun, Seneaux, Pétiot, Méjean;
Et les derniers venus dans ce royal asile,
Serre, Bérard, Golfin, Caizergues et Delile,
Anglada, Lallemand, Baumes, Dugès, Estor,
Broussonnet, Alquié, Dubrueil et D'Amador,
Ribes, Delmas, Bordeu, Rech, Duportal et Berthe,
Chaptal, le grand Delpech, dont on pleure la perte!
. . . .
C'est à travers leurs rangs que le triomphateur
Vient jurer à mes pieds le serment de docteur :
Comme à Rome autrefois, dans la route sacrée,
D'images, d'étendards pompeusement parée,
Rois, consuls triomphants, empereurs, triumvirs,
Passaient tous au milieu d'immortels souvenirs!
. . . .
Autre part on a vu de scandaleux exemples,
Naguère encor souiller l'enceinte de nos temples,
Et donner à ma cause éclatante raison :
Et l'on voudrait guérir le mal par son poison!
. . . .
D'ailleurs, comme un parfum d'une fleur embaumée,
S'élève un souvenir de notre renommée;
Et dans nulle cité, décret ni loi de cour
Ne sauraient faire un siècle avec le temps d'un jour.
Pour avoir, comme nous, ces longues myriades
D'immortels couronnés, troupe de Miltiades

Dont les lauriers jaloux obligent l'avenir,
Et ne laissent jamais Thémistocle dormir !
Je devrais, pour bouquet, étaler la richesse
Du superbe Musée, où tous les ans se presse
Des labeurs de l'esprit l'étrange monument,
Où l'admiration naît de l'étonnement ;
Où prodiges, écarts de l'aveugle nature,
Et bizarres erreurs de forme ou de structure,
Chefs-d'œuvre du scalpel et surprises de l'art
Se trouvent exposés aux craintes du regard !
Là, paraît la douleur sous mille aspects difformes ;
Des travaux de la mort les mélanges informes,
Les caprices cruels, les tortures du mal,
Rendent chacun leur note à ce chant sépulcral ;
Et tous les changements du terrible Protée
Trouvent pour la saisir la main d'un Prométhée !
Témoin ces souvenirs des succès glorieux
Que de nombreux travaux retracent à nos yeux,
Avec les noms sacrés de nos hommes d'élite,
Delpech et Lallemand, Serre et Bouisson ensuite,
Ces types que Delmas a si bien modelés,
Offrant du corps humain les maux tout épelés,
Prenant sous son compas le plus petit atome
Pour grandir devant nous l'invisible fantôme !...
Après ces reliefs, ces traits imitateurs,
Figurent les travaux de tous les prosecteurs,
Qui, de leurs devanciers soutenant le prestige,
Savent aussi combien vieille noblesse oblige ;
Et veulent, confondant les rires des moqueurs,
Les forcer d'avouer à leurs essais vainqueurs,
Qu'Élie, en les quittant pour la rive opposée,
Laissera son manteau dans les mains d'Élysée !
. . . .
Après, pour couronner ce grand panorama,
Au-dessus des trésors que le temps enferma,
Règnent dans un rayon de guirlandes fleuries

Des portraits des savants les riches galeries :
Grimaud, Dumas, Fouquet, Bérard et Dulaurens,
Pecquet, Bordeu, Chaptal, Rondelet, Vieussens,
De Chauliac, Dugès, Delpech, Lapeyronie,
De Candolle, Gouan, illustre compagnie,
Formant avec Joubert, De Lamure, Cabrol,
Cuvier, De Villeneuve, Aristote, Magnol,
Broussonnet, Morgagni, Bichat, Paré, Vésale,
L'ornement naturel des plafonds de la salle....
C'est devant ce jury, fait d'illustrations,
De grands hommes trouvés parmi les nations,
Que Montpellier soumet ses œuvres réunies
Au grave tribunal d'un peuple de génies !
. . . .
Notre Bibliothèque est un vaste univers
Des mondes que notre art chez l'homme a découverts.
Des auteurs distingués, paisible république,
Recueil désespérant de l'étude classique,
Où par un bon esprit de notre Faculté,
Même nos détracteurs ont le droit de cité !
C'est le propre, dit-on, des natures d'élite,
D'admettre à leur soleil tous les gens de mérite,
De leur faire près d'eux une loyale part :
Le lion ne craint pas la dent du léopard !
. . . .
Mais compter les trésors dont l'École dispose
Serait mener trop loin ma courte apothéose.
A ce dénombrement je lasserais ma voix ;
Se battre des deux mains ne serait pas courtois ;
Je préfère aux rivaux avec qui je dispute
Laisser loyalement les chances de la lutte.
Notre grand Jupiter, pour ébranler un mont,
N'avait qu'à remuer les rides de son front ;
Et, pareil aux vainqueurs que célèbre l'histoire,
Je veux presque en jouant remporter la victoire !

Flore.

III.

Frère, continua le second des esprits,
De vous voir triompher nul ne sera surpris,
Car tout plaide en faveur de votre noble cause :
Culte des souvenirs que le respect impose,
Rayons éblouissants de gloire et de bienfaits,
Beaux titres des honneurs que les rois vous ont faits,
Labeurs, succès, travaux, trésors de toutes sortes,
Mille ans accumulés jusqu'au seuil de vos portes !
Le génie et le prix de son autorité
Qui vous donnent des droits de légitimité;
Et s'il manquait, pour vous, un poids dans la balance,
Je pourrais de ma voix ajouter l'influence.
Outre le sort commun de nos temples voisins,
Un lien de parenté réunit nos destins :
Je ne serais sans vous qu'une gerbe inutile ;
Privé de mon secours, votre art serait stérile.
Tous vos maîtres des miens cultivent le savoir
Et par ce complément étendent leur pouvoir.
Toujours les médecins furent des botanistes,
Des investigateurs et des naturalistes;
Et long-temps nos sujets, loin d'être séparés,
Sous un nom général se trouvaient consacrés,
Corroborant ainsi leurs puissances jumelles,
Sans distinguer les noms de leurs mains fraternelles.
Or, la communauté d'intérêts qu'on débat
M'autorise à venir prendre part au combat :
L'on ne saurait toucher aux pieds de votre trône
Sans ébranler aussi les droits de ma couronne.
Laissez-moi donc flétrir ces indignes complots,
Et sur vos traits brûlants lancer mes javelots !

Comme vous du passé j'ai reçu l'héritage;
La cour de mes savants suit votre aréopage!
Sur ma naissance aussi la nuit met ses bandeaux ,
Et sous un même ciel on trouva nos berceaux.
Mon histoire commence aux premiers jours du monde
Et prête aux souvenirs une histoire féconde....
Lorsque l'arbre d'Éden perdit l'homme innocent ,
Du malheur il offrait un remède puissant;
Car le bien et le mal , dans ses fruits redoutables ,
Mêlaient ces deux vertus irréconciliables.
Sur le gazon Adam dut goûter le sommeil ,
Et mes plus doux parfums fêtèrent son réveil;...
Ève dans mon empire empruntait ses parures,
Et des feuillages verts lui firent des ceintures.
Caïn sur mes rameaux trouve un médiateur,
Le premier sacrifice offert au Créateur !
Eh ! que dis-je? au vieux temps de l'agreste nature ,
J'habitais l'univers avant la créature;
Et , comme si le sort m'attachait à ses pas ,
Je la suis du berceau jusqu'après le trépas !
Ornant le front joyeux de la riante épouse ,
Et le cercueil ouvert par la Parque jalouse.....
La Fable a bien voulu célébrer mes grandeurs
En métamorphosant ses brillantes erreurs ;
La poésie encor, dans ses œuvres frivoles ,
Me charge d'exprimer l'image des symboles....
Vénus me doit le myrte et César les lauriers ;
J'entrais dans les blasons des anciens chevaliers;
Et c'est moi qui servis de superbe couronne
Aux jardins suspendus des rois de Babylone!...
Mais l'on doit m'accorder, comme juste valeur,
Le pouvoir de guérir les maux de la douleur....
La noble antiquité , dans sa vieille doctrine ,
Aux plantes accordait une vertu divine,
Leur demandait tantôt un coupable poison ,
Et tantôt des secours pour une guérison....

Cependant, si le crime en moi trouve des armes,
Des mourants ranimés je bannis les alarmes ;...
La plante où le carquois trouve un suc destructeur,
Chez une autre rencontre un remède sauveur.
Si je n'avais gardé les jours de Mithridate,
Alexandre sauvé ferait taire Socrate.
Enfin, grâce au pouvoir de nos sucs dévorants,
Démosthène échappait aux chaînes des tyrans !
Au travail incessant produit dans mon empire
L'homme doit le trésor de l'air pur qu'il respire ;
Je lui verse à grands flots la vie et le plaisir,
Et mes effets puissants l'empêchent de mourir !
· ·
Ces traits me suffiraient pour titres de noblesse,
Sans y joindre l'éclat des sages de la Grèce,
Des prêtres de Memphis, des mages d'Orient,
Dont j'embaumais d'abord le climat souriant ,...
Quand des bannis, venus d'une rive étrangère,
Et cherchant sur ces bords la plage hospitalière,
Portèrent de l'Hybla le miel délicieux,
De l'Hymette le thym, des simples précieux,
Pour charmer les ennuis de leur tribu naissante
Par ces doux souvenirs de la patrie absente !
Les Arabes plus tard traversèrent la mer,
Et je vous apportai les parfums du désert.
Mais j'errai bien long-temps à travers les campagnes,
Dans l'ombre des vallons, au soleil des montagnes,
Établissant les fleurs du ciel oriental
Dans les sites amis du sol occidental ;
Gardant au pic Saint-Loup l'éclatante pivoine,
La bourse du berger, la grande chélidoine ;
Acclimatant ailleurs le cèdre du Liban,
L'aloès, le pavot, l'arbre de l'oliban,
Et me réjouissant de voir tous ces feuillages
Bruire d'aise et parfois balancer leurs ombrages
Aux souffles attiédis du soir et du matin

Que répandait sur eux l'aile du vent marin.

. . . .

L'École, en ce temps-là , sur les pelouses vertes
Venait de mes trésors faire les découvertes :
C'étaient De Villeneuve et puis Nostradamus,
Ruelle, Rondelet, Lobel et Fuschius,
Et mille autres savants que l'amour de l'étude
Pressait de visiter mon humble solitude.
Car vos maîtres déjà m'enseignaient dans leurs cours,
Par un ordre émané d'un arrêt des Grands Jours *...
Je languissais pourtant loin de toute culture,
Et ce triste abandon effeuillait ma ceinture,
Lorsqu'un prince, connu du nom d'Henri le Grand,
Pour mettre un terme heureux à mon destin errant,
Me fit, par un décret, présent de ce domaine
Où je règne aujourd'hui comme une souveraine....
Richer de Belleval et De Montmorency
Ne purent m'accorder qu'un enclos rétréci ;...
'Mais il avait du moins un air plein d'élégance,
Et portait dans ses murs les écussons de France.
A peine avais-je pris le goût d'un tel séjour ,
Que le terrible Mars en vint chasser ma cour.
Belleval eut pitié de ma tête meurtrie,
Me prit sous son manteau déjà toute flétrie ;
Et, dans Montpelliéret abritant mes malheurs,
Sauva quelques débris de mes plus belles fleurs....
La paix me ramena dans cet aimable asile
Que des soins assidus rendirent plus fertile ;
Où mon règne, d'abord sans nul ordre établi,
Devint de la science un modèle accompli.
Chaque siècle, en passant, embellit mon empire,
Agrandit son enceinte et lui jette un sourire,
Ou force la nature à servir au Jardin
L'air brûlant de la plaine et le frais du ravin,

* Assemblée tenue à Béziers, 1550.

Le sable au serpolet, la pierre aux saxifrages,
Le limon aux varechs, aux mousses les ombrages,
Au palmier le soleil, l'onde aux liquidambars,
La brise et le zéphir aux roseaux babillards,
Le calme et le repos aux douces sensitives :
Festin universel d'un millier de convives !
Où j'invite la rose avec ses papillons,
Et le nid de fauvette avec ses oisillons.....
Le globe tout entier figure à cette scène :
Le Nord y voit le pin, le cyprès et le chêne ;
Le Midi les lotus, la vigne et le mûrier ;
L'Europe les bouleaux, le charme, l'olivier ;
L'Asie un arbre à thé, le riz, le sycomore,
Le tek et le pipal que l'Indien honore,
Le ginseng, le bétel, les rosiers, les jasmins,
Le camphrier, le sandal et les frais tamarins,
Et le nelumbium, avide de lumière,
L'hortensia fleuri comme une bouquetière,
Les canna, l'amomum et l'olea flagrans,
De beaux camélias, des lauriers odorants ; —
L'Afrique, le palmier, le maïs, le carthame,
Le dattier, le cousso, le café, le sésame,
L'immense baobab, les ifs, les amandiers,
Le séné, le sorgho, le lin, les grenadiers ; —
L'Amérique y fournit l'érable et la vanille,
L'ipéca, le jalap et l'arbre à cochenille,
Les rouges tulipiers, les grands magnolias,
Les anis parfumés, les blancs acacias,
De nombreux quinquinas, d'élégantes lianes
Errant sur les bambous comme dans les savanes ; —
L'Australie, à son tour, compte le giroflier,
Le terrible antiarre et le doux bananier,
Le taro, le kava, le ricin, les mimeuses,
Le riche eucalyptus et ses légumineuses,
Le typha moëlleux et le lin phormium,
Le grand podocarpus, le rotang et l'arum......

. . . .
Je fais entrer ainsi dans ce petit parterre
La végétation des deux bouts de la terre !...
Et tout cela, placé par groupes naturels,
Par zones, par climats, par petits archipels.
Voici les orangers, l'école forestière ;
Les vignes, les vergers, les buissons, la rizière,
Les serres, la montagne, et les arbres fruitiers ;
Voilà les arbres verts, les pâles marronniers,
La réserve où l'on tient les plantes vénéneuses,
Euphorbes, daturas, aconit, tubéreuses :....
Cet ordre et le ciel pur font que tout me sourit ;
Chaque branche a sa fleur et chaque fleur son fruit :
Et je puis, tous les ans, en bonne philanthrope
Céder mes superflus aux jardins de l'Europe !
. . . .
C'est à mon site heureux que je dois ces faveurs,
Et je veux invoquer de plus dignes honneurs.
. . . .
Je compte, comme vous, bien des titres de gloire
Dans les évènements que redit mon histoire.
Étrangers, visiteurs et célèbres savants
Ornent mes souvenirs de charmes émouvants ;
Mais de nos professeurs la généalogie
Pourrait seule servir à mon apologie......
Le premier dont l'herbier reçut des végétaux,
Quand j'habitais les monts, le penchant des coteaux,
C'était De Villeneuve, un homme de génie ;
Dont l'esprit inventeur semblait une manie.
Après, Nostradamus, charmé de mes appas,
Engagea Rondelet à marcher sur ses pas.
Celui-ci professa l'Histoire naturelle,
Et jeta sur mon front une palme immortelle.
D'un langage léger, mais d'un regard profond,
Sous la forme cachant la gravité du fond,
Rabelais expliquait le titre allégorique

De la plupart des fleurs par un sens historique :
La gentiane tient son nom de Gentius ;
L'armoise , d'Artemis ; l'euphorbe , d'Euphorbus ;
L'iris , de l'arc-en-ciel ; la mauve émolliente
Le doit à la douceur que son usage augmente ;
Le lichen nous rappelle aussi l'affection
Sur laquelle autrefois il avait action.
Et , par un trait marqué de l'art scientifique ,
Des simples on connaît l'effet thérapeutique.
. . . .
L'évêque Pélissier , loin des rebellions
Que suscitaient alors les deux religions ,
Au castel Montferrand cherchant la solitude ,
Y goûtait les douceurs d'une paisible étude ,
De Pline commentait les curieux travaux ,
Découvrait la linaire au sommet des plateaux ,
Et dans notre cité laissait sur son passage
La mémoire du juste et la trace du sage. . . .
Richer de Belleval me choisit ce jardin
Dont il dressa la carte et peignit le dessin.
Deux fois il me sauva des coups de la fortune
Avec le dévoûment d'une ardeur peu commune ;
Et quand sa main plantait un herbe , un arbrisseau ,
Je sentais l'avenir dans mon petit berceau !
Ses obscurs descendants , négligeant son ouvrage ,
Laissent aux Chicoyneau leur place en héritage. . .
Pierre Magnol , enfin , eut l'honneur d'établir
Cet ordre naturel qui permit d'accomplir
Le plan ingénieux d'une grande réforme
Pour soumettre à des lois une méthode informe.
Ce trait à Jussieu servit d'indicateur
Et lui rendit aisé le rôle d'inventeur.
Mais donnons , en passant , à chacun son mérite ,
Au dernier le métal , à l'autre la pyrite.
L'aurore de Magnol dans un matin vermeil
De Laurent de Jussieu précéda le soleil. . . .

Du reste, on lui paya sa *Flore botanique* :
Il eut de Tournefort la place académique.
Nissole à ces lauriers vint ajouter les siens,
Cueillis dans les vallons des champs Languedociens.
Sauvages dédia ses premières épreuves
Au célèbre Linnée, enchanté de ces œuvres,
Et qui, les recevant du plus heureux accueil,
A tout autre écrivain eût donné de l'orgueil.
Un de nos Chicoyneau, sur des fleurs d'aubépines,
Surprit le mouvement des jeunes étamines. . . . .
Claude Chaptal passa ; le sagace Cusson
Découvrit l'albumine autour de l'embryon.
Du maître suédois Gouan reçut encore
Des éloges pompeux à l'endroit de sa Flore,
Et quand la gloire ici venait de toutes parts,
Barthez jeta sur moi le feu de ses regards :
Je restai quelque temps sous sa noble tutelle,
Et je sais que son nom sur ma tête étincelle. . . .
Bien que mon souvenir s'attache à ces splendeurs
Je n'ai pas oublié de modestes auteurs :
J'aime à me rappeler, dans mes grandes annales,
Cet humble collecteur d'herbes médicinales,
Le jardinier Banal dont l'aimable entretien
Des élèves charmait l'abord quotidien. . . .
Auguste Broussonnet, malgré ses aventures,
Enrichit nos carreaux des plus belles cultures.
Emporté par le vent de l'émigration,
Il visita Madrid, la superbe Albion,
Fut conduit par l'exil aux rivages d'Afrique,
Et cueillit au désert la flore du tropique ;
Il porta d'Angleterre un ginko précieux ;
Sauva des Marocains l'empereur soucieux ;
Moissonna des trésors aux Iles Canaries ;
Prit le genévrier aux Grandes Barbaries ;
Et quand la France en paix rappela ses enfants,
Il vint porter des fleurs sous nos arcs triomphants !

Il vint porter des fleurs sous nos arcs triomphants !
C'est alors qu'Ortéga, Corréa, Cavanilles,
Amis de son passage à travers les Castilles.
Peuplaient d'arbres choisis ce célèbre jardin.
Halle, Vienne, Paris, Copenhague, Turin
Commençaient avec lui, par de lointains confrères,
Un échange amical de plantes étrangères.
A ces titres on peut ajouter la faveur
Dont Londres entoura l'illustre voyageur....
De Candolle arriva dans cette heure féconde
Où la main d'un soldat bouleversait le monde ;
C'était aux jours heureux du Grand-Maître des rois,
Qui forçait le néant de répondre à sa voix,
Qui pressait le progrès ainsi qu'une redoute,
Et faisait à chacun doubler le pas en route !....
Aussi, grâce aux bienfaits du généreux Chaptal,
De Candolle bâtit ce mur occidental,
Fit creuser un bassin à la porte d'entrée,
Orna de ce séjour l'enceinte délabrée,
Doubla l'espace étroit où j'entravais mes pas,
Et planta de Stamboul les beaux acacias ;
Étudia les fleurs des dicotylédones,
Et de leur gros bouquet composa trois couronnes ;
Enfin, livrant au jour ses longs enseignements,
Du savoir il posa les divers éléments.
— Delile, autre débris de ce temps héroïque,
Illustré, jeune encor, dans les plaines d'Afrique,
Dénonça le poison de l'upas tieuté ;
Délivra ce ginko de la stérilité,
En greffant sur sa tige une branche femelle
Qui reçut le pollen de la fleur fraternelle.
Il fit de grands essais d'acclimatation,
Du nelumbo trouva la respiration,
Publia des écrits sur la phosphorescence
D'arbres toujours traités avec indifférence.
Herborisant parfois près du Port-Juvénal,

Il y trouva des fleurs d'un type original,
Immenses végétaux des bords de l'Atlantique,
Dont les toisons portaient les germes d'Amérique.
Il avait résolu de traiter ce sujet,
Quand l'aile de la mort emporta son projet....
Et d'un riche passé le pesant héritage
D'un savant Directeur dut être le partage :
Je devrais rappeler ses droits à cet honneur,
Mais ce serait cueillir les fruits avec la fleur,
Et j'étendrais trop loin le champ d'un dialogue,
Si de tous ses travaux j'offrais le catalogue.
Je m'empresse d'ailleurs d'étaler à vos yeux
Tout ce que j'ai semé de gloire en divers lieux,
Et ce qui me revient dans la biographie
Des savants dont l'orgueil ailleurs se glorifie.
Déjà, dès quinze cents, Ruelle à Montpellier
Venait dans nos vallons enrichir son herbier.
Auprès de Rondelet tour-à-tour se formèrent,
Et dans toute l'Europe après se dispersèrent,
Et l'allemand Rauwolf et le suisse Bauchin,
De l'Ecluse, Lobel, Daleschamp, Desmoulin
J'ai vu sortir aussi du sein de mon domaine
Fuschius et Gesner, Bernier, Belon du Maine,
Sarrazin, Wormius, Elsingen et Liguier,
Gérard et Commerson, Dunal et Viguier.
De ces autorités la brillante auréole
Orne le front sacré de notre illustre École,
Et Biria, Flourens, Colladon, et Roubieu,
Pitton de Tournefort, Antoine de Jussieu,
Semblent ne plus laisser à l'injuste critique
Le droit de renverser notre arbre académique....
Et que serait-ce donc si je voulais noter
Tous les rameaux épars que nous pouvons compter,
Ces divers compléments de grande thérapie
Qui viennent réveiller la nature assoupie ?
Les eaux de Baláruc, les bains de Lamalou,

Les bouillants de Vergèze et ceux du Boulidou,
Thermes où Rondelet, Haguenot et tant d'autres
De nos maîtres mêlaient les noms à ceux des vôtres....
On connaît de ces lieux les effets curateurs,
Témoignages remplis de souvenirs flatteurs
Pour les soins vigilants que notre Académie
Prodigue au juste éclat d'une science amie.
De ces points renommés, vers ce noble séjour
Convergent des rayons qui nous servent d'atour.
Peu d'Écoles pourraient offrir les avantages
Qui sous tant de rapports forment nos apanages.
Ce n'est pas tout d'ailleurs : aux illustrations
Dont je puis occuper vos méditations,
Il serait important d'offrir en appendice
De nos pharmaciens la savante milice,
Nobles exécuteurs de tous les traitements,
Chimistes distingués dont les médicaments
A l'art du médecin préparent la victoire
Dans les humbles travaux de leur laboratoire.
Ce sont les Duportal, les Pouzin, les Balard,
Les Reboul et les Gay, les Rey et les Bérard,
Dont la science a fait sa légion d'élite
En nous communiquant l'éclat de leur mérite.
. . . .
Et si je vous disais les honneurs superflus
Qui mettent dans nos mains une palme de plus,
Je voilerais de chants, de fraîches poésies,
De récits merveilleux, de légendes choisies,
Les sévères couleurs de mon pâle tableau....
Je vois d'ici la chambre où Jean-Jacques Rousseau
Venait sourire au ciel, à la belle nature,
Et goûter les douceurs de la température....
Là, sous les arbres verts du bosquet de cyprès,
Repose avec les pleurs de nos plus vifs regrets
La vierge d'Albion, cette chère Narcisse
Qui faisait trop d'Young l'extase et le délice,

Et dont le sort pleuré par l'amour paternel
A trouvé dans la mort un silence immortel!....
Un arceau de granit, sombre comme une alcôve
Où pendent, en festons, violiers, bouquets de mauve,
Ménage à son cercueil ce jour religieux
Qui porte du sommeil le don mystérieux.
Autour, baumes, encens, résines odorantes
Saturent l'air glacé de vapeurs enivrantes;
Les roses et les lys et le frêle roseau
Meurent presque en naissant auprès de son tombeau;
Et Philomèle en deuil, la colombe craintive
Y font dans leur douleur gémir leur voix plaintive,
Ou dans l'étroit sentier que je couvre de fleurs,
Amants infortunés, curieux visiteurs
Retiennent de leur pas la promenade amie
Pour ne point éveiller cette jeune endormie!....
Le duc de Glocester et Talma, certain jour,
Visitèrent tous deux ce funèbre séjour;
Et sur un marbre blanc mirent cette épigraphe
Qui sert au noir caveau de pieuse épitaphe....
. . . .
On trouve enseveli, sur le tertre à côté,
Dumas, ancien recteur de cette Faculté:
Vénérable savant dont la grande vieillesse
Respirait la candeur d'une aimable sagesse.
Tel on voit quelquefois le vieux chêne mourir
Près de la tendre fleur que brisa le zéphir....
. . . .
Dois-je vous rappeler, pour terminer mon rôle,
Tous les jardins classés d'après notre Candolle? ...
. . . .
Tant de beaux souvenirs, et ce peuple d'aïeux
Brilleront bien long-temps sur nos fronts radieux.
Et devant le passé que notre histoire évoque,
Au milieu des travaux des savants de l'époque,
Nous pouvons sans trembler voir le progrès venir

Et suivre avec orgueil les pas de l'avenir !....
. . . .
Du reste on a remis les soins de notre cause
A ceux dont le talent des grands succès dispose ;
Et je ne doute point que leur habileté,
Triomphant des complots de la malignité,
N'obtienne du Pouvoir la formelle assurance
Qu'il n'écoutera pas l'indigne médisance.
Ils sauront exposer tout le grave intérêt
Que pourrait compromettre un aveugle décret....
Et pour dire qu'ici rien de grand ne déroge,
Leur personne suffit et vaut plus qu'un éloge !....
Mais quoi ! rassurons-nous : on dit que l'Empereur
A reçu l'ambassade avec beaucoup d'honneur ;
Il a vanté l'esprit de cette Académie
Et dissipé l'espoir de l'injure ennemie ;
Il nous aime, dit-on, d'avoir su maintenir
Le principe où viendra s'éclairer l'avenir :
Système fécondant, pure philosophie,
Qui ne renverse rien et peut-être édifie....
Sous sa garde il a pris l'antique Faculté :
Tel est son bon plaisir : il sera respecté !
Car celui dont la voix remplit l'Europe entière
Fera bien taire seul un bruit de fourmilière ;
Tandis que s'abritant à l'ombre de son nom,
Notre École au présent met un nouveau rayon ;
Et si jamais quelqu'un l'insulte dans sa route,
Comme l'honneur français que l'univers écoute,
Elle inscrira ces mots sur son vieil étendart ;
Ah ! ne me touchez point : j'appartiens à César !
. . . . ,
. . . .

IV.

Et je n'entendis plus de voix mystérieuse ;
L'aurore souriait dans l'orient vermeil ;
Sur la terre et dans l'air la nature joyeuse
S'éveillait en chantant pour fêter le soleil !

A ses premiers rayons, sous la verte charmille,
Recueillant les débris de ces deux entretiens,
Comme on ferait sans art un bouquet de famille,
J'en offre à mes lecteurs ce dont je me souviens.

Puissent mes souvenirs, près de leur bienveillance,
Emporter les parfums du bocage endormi,
Ou mieux encor trouver avec leur indulgence
Cet arome si doux qui vient d'un cœur ami !

ÉPILOGUE.

Voilà ma prose-rimée finie : sorte de fantaisie poétique
à forme légère, mais dout l'esprit est sérieux. En la
relisant d'une seule haleine, j'y trouve bien des défauts
et des négligences. Eh qu'importe ? la conversation
s'accommode assez bien de ces allures qui sentent la trève
et la reprise du travail interrompu. Vous me pardonnerez
donc les intermittences d'une œuvre à petites journées
que dénoncent à chaque pas les soubresauts de la saccade
littéraire. Aussi j'abandonne mon opuscule avec ses premières imperfections, jusqu'à l'heure où je pourrai les
faire disparaître dans les heureux loisirs de quelques
soirées d'hiver.

En attendant, s'il m'arrivait les conseils judicieux d'un
bon Aristarque, je les recevrais de la meilleure grâce du

monde ; mais quant aux bouffonneries joyeuses des Zoïles plaisants, qui se mêlent parfois, comme leur frère de la Fable, d'apprécier les chants et de jouer de la flûte, je leur répondrai par le mot si connu d'Appelles :

Ne sutor ultrà crepidam.

DESIDERATA.

Par esprit de convenance, je n'ai pu mettre en lumière les travaux des Professeurs actuels de l'École, et cette pénible réserve m'a privé d'une foule de documents précieux. Si le temps ne me pressait, j'aurais voulu citer au moins leurs noms et leurs principaux ouvrages ; car un premier tableau suffirait, je l'espère, pour les venger du silence calculé des abstentions jalouses. J'ai songé bien souvent qu'il serait très-avantageux de réunir en faisceau leurs diverses biographies scientifiques : moyen agréable de parcourir avec eux le vaste champ de la Médecine.

Ce travail porterait encore le double fruit d'un commerce plus intime auprès de nos chers Maîtres, tout en leur multipliant cette renommée qu'une modestie délicate et la supériorité du talent ne pensent jamais à chercher d'elle-même.

FIN.

Errata.

Pag. 17.

Au lieu de Que ce silence était un éloge *fréquent*,
    lisez Que ce silence était un éloge *éloquent*.

Pag. 18.

Après Ne put à ses destins faire baisser les yeux,
ajoutez Le temps ne saura point, sous ma double bannière,
    De mes nobles couleurs celle que je préfère.
    Delpech........

Pag. 19.

Au lieu de Source *progénésique*,
    lisez Source *pyogénique*

Pag. 19.

Au lieu de Du *fait* initial des mystères vitaux,
    lisez De *l'acte* initial.......

Pag. 20.

Au lieu de Il s'agit de Deidier,
    lisez Il s'agit *d'Authier*.

Pag. 25.

Après Ce que le minimum est auprès du total,
ajoutez Ce que le grain de sable est aux pieds des grands mornes;
    Et le pas d'un enfant à l'espace sans bornes!
    Et je doute........

Pag. 26.

Au lieu de Et presque sans *égal* chacun d'eux prédomine,
    lisez Et presque sans *rival*........